LERAND, GALIPAUX, MATRAT ET GUYON FILS

VERS ET CHANSONS

Cooper s'ennuie

REVUE EN UN ACTE ET DOUZE TABLEAUX
PRÉCÉDÉE D'UN PROLOGUE EN QUATRE ACTES
ET SUIVIE D'UN ÉPILOGUE ET D'UN CONTRE-ÉPILOGUE

PAR

GEORGES BERR ET ALBERT LAROCHE

Souper du Guignol du 6 Janvier 1897.

MARIETTE SULLY, présidente.

PARIS
ALPHONSE LEMERRE, ÉDITEUR
23-31, PASSAGE CHOISEUL, 23-31

M DCCC XCVII

Cooper s'ennuie

REVUE EN UN ACTE ET DOUZE TABLEAUX
PRÉCÉDÉE D'UN PROLOGUE EN QUATRE ACTES
ET SUIVIE D'UN ÉPILOGUE ET D'UN CONTRE-ÉPILOGUE

LERAND, GALIPAUX, MATRAT ET GUYON FILS

VERS ET CHANSONS

Cooper s'ennuie

REVUE EN UN ACTE ET DOUZE TABLEAUX
PRÉCÉDÉE D'UN PROLOGUE EN QUATRE ACTES
ET SUIVIE D'UN ÉPILOGUE ET D'UN CONTRE-ÉPILOGUE

PAR

GEORGES BERR ET ALBERT LAROCHE

Souper du Guignol du 6 Janvier 1897.

MARIETTE SULLY, présidente.

PARIS

ALPHONSE LEMERRE, ÉDITEUR

23-31, PASSAGE CHOISEUL, 23-31

M DCCC XCVII

Vers et Chansons

*
* *

A Mademoiselle Sully.

Nous voici rassemblés ce soir,
Cravatés comme des notaires,
Et dans nos vierges boutonnières...
Demi-vierges, car l'on peut voir
Le doux printemps des ministères
Egayant de ses teintes claires
De-ci de-là quelque habit noir...
Mais de fleur, point; ni l'orchidée
Troublante comme de l'Ibsen
Cher à Candé, ni l'azalée,
Ni la rose ou le cyclamen.
Et pourquoi? dois-je vous le dire?
Le sachant aussi bien que moi,
Vous allez peut-être sourire...
N'importe, voici le pourquoi :

Nous voulions pour notre parure
La merveille de la nature,
La fleur du charme et de l'esprit.
Mais ce trésor étant unique,
Nous ne pouvions, cela s'explique,
En parer chacun notre habit.
Nous avons donc eu la pensée
De ne former qu'un pour ce soir,
Et malgré ce que l'on croit voir,
Toute cette troupe assemblée
N'est qu'un seul être en habit noir
Irradiant sa boutonnière
De la floraison qu'Il préfère,
De la fleur à l'éclat si doux.
C'est pourquoi je la remercie
De quitter sa rive fleurie
Pour venir ainsi parmi nous.
Merci, charmante Mariette.
Vous complétez notre toilette,
Nul ne le pouvait mieux que vous.

LERAND.

LE DINER DU GUIGNOL

Mes chers amis, puisque des jeux floraux
On a décrété l'ouverture,
D'une voix douce — épargnant les carreaux —
En quelques couplets de facture,
Je veux dir' l vous le devinez,
Le bien que nous pensons tous du dîner;
Il grandit, sans être Espagnol,
Vive le dîner du Guignol!

Notre dîner, souvent débaptisé,
Porta plus d'un titre précaire,
Les citer tous serait fort malaisé,
Puis l' nom ne fait rien à l'affaire...
L'essentiel, c'est que le trois
Ne revient pas assez vit' chaque mois!
Qu'on soit d'Asnièr's ou d' Batignoll',
On court au dîner du Guignol!

Pour être admis dans ce cénacle-ci,
Il ne suffit pas d'être illustre!
Plusieurs attendent — je l'atteste ici —
Depuis bientôt tout près d'un lustre!

Pour forcer la port', le meilleur
C'est, je crois, d'être un peu cambrioleur;
Faut se servir d'un *rossignol*
Pour êtr' du dîner du Guignol!

Notre dîner se transforme en souper
Une fois l'an pour notre étrenne.
Et le Guignol, voulant s'émanciper,
Ce soir-là choisit une reine.
Aujourd'hui, quell' félicité!
C'est la mignonn' Sully de la Gaîté;
Un autre genr' de rossignol!...
Vive la reine du Guignol!

E. Matrat.

LA PRÉSIDENTE

Air : *Paillasse.*

I

MESSIEURS, bravant votre dédain,
Je vous confesse un' chose :
Je suis un tièd' républicain.
C'est mon droit, je suppose.
Je dois dire encor
Que l' sex' nommé *fort*
N'est pas ce qui m'enchante.
Je n' comprends vraiment
Un gouvernement
Qu'avec un' Présidente.

2

Et vous pensez tous comme moi,
La preuve, je la donne :
Au dîner du Guignol, chaqu' mois
Y n' vient presque personne,
Mais nul en janvier
Ne se fait prier;

Si nous somm's près de trente,
C' n'est pas pour banqu'ter,
C' n'est pas pour chanter :
C'est pour la Présidente.

3

Je voudrais vous prouver combien
La loi salique est bête.
Un cabinet pour moi n' vaut rien,
S'il n'est pas de toilette.
Donc, tout bonnement,
Mettez, supprimant
Les homm's autoritaires,
Un' femme au pouvoir,
Vous pourrez mieux voir
Comment vont les affaires.

4

Convenez que d'un bel éclat
La Cour serait brillante
Si nous avions comm' chef d'État
Not' petit' Présidente.
Alors, je l' dis, moi,
Au risque, ma foi,
De passer pour un cuistre;
Briguant la faveur,
C'est de l'Intérieur
Que j' voudrais êtr' ministre.

5

Bref, messieurs, pour avoir l'honneur
D'être aujourd'hui des vôtres,
L'habit noir étant de rigueur,
J'ai fait comme les autres.
N'allez pas, jeun's fous,
Croir' que c'est pour vous
Qu'ainsi je me présente.
Si j'ai pris, oui-da,
Ma queu' de gala,
C'est pour la Présidente.

6

Mais en contemplant les appas
De notre Mariette,
Ainsi que bien des candidats,
Je deviens girouette;
Oubliant comme eux
Les sincèr's aveux
Que je viens de vous faire.
Devant tant d'attraits,
Ah! comm' je foutrais
La Président' par terre!

A. GUYON FILS.

LETTRE
DE
S. M. L'EMPEREUR NICOLAS II
TSAR DE TOUTES LES RUSSIES
A REGNARD
DE « L'ELDORADO »

Sur l'air de : *La Promise.*

Foi d'tsar Nicolas,
Il faut que j' t'écrive,
Pour te dire, hélas!
Regnard, c' qui m'arrive.
Je suis triste et las
Sur ma froide rive,
Et rempli d'émoi,
Comique, plains-moi. } *Bis.*

Quoique dans Paris
D' réclam's on fut sobre,
Tu l'as p't-être appris,
J'y fus en octobre,
A mes yeux surpris...

J' n'ai plus d' rim' qu' « opprobre »
Bis. { Ça n' signifi' rien,
Je le sais très bien.

Ah! Dieu! quell' cité!
Ce pays féerique,
J'en suis épaté!
Que c' fut magnifique!
Un peuple excité,
Un' foul' mirifique,
Bis. { Des fleurs en papier
Par un froid d'janvier.

J'ai visité tout
Sans craindre ma peine.
On m'a m'né partout,
Ainsi qu' la souv'raine.
J'ai pris le vermouth
Et j'té sur la Seine,
Bis. { Sur l'air de Zampa,
Un pont à papa.

On m'a réservé
A l'Académie
Le plaisir ach'vé
D' contempler Clar'tie.
J'ai vu Legouvé,
Touché Halévie.
Bis. { Tous ces brav's messieurs
Sont vraiment trop vieux.

Non seul'ment j'ai vu
Votre belle France!
Bien mangé, bien bu,
Donné d' l'Espérance,
Mais m'était-ce dû,
Cett' surabondance,
Bis. { V'là qu'on m'fiche encor
Un' médaille en or.

J'fus à l'Opéra,
Mais, souvenir triste,
Pendant qu'opéra
L' ballet si artiste,
J' sentis l' choléra
Ou la coliquiste
Bis. { Dans mon ventre d' tsar
Faire un rud' pétard.

Donc déjà, surpris
Par c't étrang' malaise,
Aussitôt j' partis,
Quoiqu'Russe, à l'anglaise.
J' n'ai pas crié : « Bis »
J'ai r'poussé ma chaise
Bis. { Et lâché Mauri,
Potius quam mori.

Mais j' suis abattu,
Regnard, mon gros père,
Car je n'ai pas vu
Ce qu'on considère

Comm' le nec plus u-
Ltra, je m' désespère!
Bis. { Faut-il que j'sois gnol
J'ai raté l' guignol.

Morenheim m'a dit:
« Nicolas, ma vieille,
Tu s'rais interdit
De voir cett' merveille.
N' sois pas déconfit,
Prête-moi l'oreille,
Bis. { J' t'en donn' l'aperçu...
Car tu n' s'rais pas r'çu.

L' Guignol est un r'pas
Des plus chics artistes
Où l'on ne r'çoit pas
Les ceuss's qui sont tristes;
Président n'y a pas,
N'y a pas d'archivistes,
Bis. { N'y a qu' des électeurs
Qui vot'nt continuell'ment.

On y voit Laugier,
Éternel malade,
Dir' d'un air altier :
« Passez la salade!... »
Notre Falconnier
Jou' rud'ment l'alcade.
Bis. { Le fait-il exprès?
Il est en progrès.

Puis on voit Brémont,
Pèr' Duval, honnête,
D'mander : « Aurai-j' mon
Chapeau sur la tête
En entrant, Raimond,
Réponds, n' sois pas bête. »
C'lui-ci fait : « Mon vieux, } *Bis.*
Moi, j'en aurais deux. »

Berr, sans son lorgnon,
Parl' bas à Laroche
Qu'il prend pour Guyon
Et lui dit : « Je pioche
L' rôle de Bourguignon,
Je le joue à Loche,
Je vis en ch'min d'fer, } *Bis.*
C'est bon de prendr' l'air.

Heureux comme un roi,
Tout à fait en forme,
On voit Chameroy,
Ce jovial énorme,
Dir' : « C'est maladroit,
Moi, j'attends sous l'orme
La journé' d' Sarah... } *Bis.*
Peuh !... mon tour viendra ! »

Sans être étonné,
On entend Fugère
Dire à Huguenet :
« Mon p'tit, on vous gère

Mal votre dîner!
Viv' l'amende amère...
Faut un' caiss' de s'cours
Pour les mauvais jours. *Bis.*

Le chauve Noblet,
Qui jamais n' s'épate,
Au chauve Rablet
Montre sa cravate,
Mais c'lui-ci, troublé,
Dit : « Pour moi, quell' date!
Quel jour de bonheur!
Ferdinand l' noceur! » *Bis.*

Comm' propos en l'air,
Frôlant les plat's-bandes
D'Oscar Wild, Leitner
Dit : « Mayer tu ... »
Mais l' mari d' Sabler
N'aime pas ces d'mandes,
Et fait à Gildès :
« Il m' rappell' Numès! » *Bis.*

Dans un coin, Lérand,
Paisible et tranquille,
Discute avec Grand
Au sujet d'*Idylle*.
Candé s' trouv' moins grand
Que Schütz qui jubile,
Dubosc parl' tremplin
Au pioupiou Polin. *Bis.*

Bref, à ce repas,
Au menu splendide,
On n'politiqu' pas,
L' sujet est aride!
Numa parle bas,
On n'entend qu' Tarride
Bis. { Dir' : « Laiss'-nous en r'pos,
Tais-toi, Galipaux! »

Mais tout ça n'est rien,
C'est l'enfer du Dante
Auprès, écout' bien,
De la Présidente,
Regrett', Caucasien,
Car elle est charmante.
Bis. { Spectacle joli,
On la voit, Sully.

MORALITÉ

Eh bien, moi, le tsar
De la grand' Russie,
Loin d' votr' balthasar
— Guigne réussie —
Je vais, à l'instar
De votr' fantaisie,
Bis. { Inviter sans r'tard
Cooper et Duard.

Recopiée par

FÉLIX GALIPAUX.

30 Décembre 1896.

Cooper s'ennuie

Prologue

ACTE PREMIER

L'AMANT DE LA TZARINE

Labor omnia vincit.

La scène représente le boudoir de travail de Cooper. Petits meubles anglais. Cooper, assis devant une table minuscule que surcharge une pile de dictionnaires et de grammaires, se livre à l'étude de la langue russe. De-ci, de-là, répandus sur quelques meubles, divers accessoires sans mportance : Numéros de *l'Art* et *la Mode,* l'*Écho de l'Élégance russe,* dix-huit fers à friser, une boîte de poudre de riz, factures, embauchoirs, jarretelles blanches, vaporisateurs, etc. Sur son guéridon de travail, tout près de lui, petite lampe à dégeler le nez. Accrochées aux murs, vingt-neuf photographies des membres du Guignol. Cooper a sa tenue d'intérieur numéro 6 : pet-en-neige, culotte à la Souwarof, chemise très élégante en loutre noire; ses pieds sont chaussés de patins en cuir de Russie; sa coiffure est faite d'une tête d'ours blanc qui repose, comme endormie, sur son crâne.

Au lever du rideau, Cooper, la tête dans ses mains, paraît absorbé par son travail. Au dehors, nuit, bise très forte, rafales. Les beffrois, les befs très froids de Saint-Pétersbourg sonnent dix heures...

COOPER, *le nez dans sa grammaire russe, épelant.*

Air : *François les Bas-Bleus.*

B, A = Koï... quelle horrible prose,
B, I = Kieff... j'y perds tout mon temps;
B, O = Skine... alphabet morose,
B, U = Ska... et déconcertant!
O lettres peu claires,
Je n' vous comprends pas.
Vot' queue est en l'air,
Vot' tête est en bas.
Ça saut', ça s' disloque
Comm' des goujons frits.
Ça a de p'tits cloques
Et des panaris.
On dirait des phoques,
Des crab's, des chameaux,
Ça n'est pas un alphabet, c'est un défilé d'animaux.

K, F = Na... que c'est difficile.
C, U = Skoff... ou bien est-ce moi qui
Z, M = Wief... suis un imbécile?
Double W se prononce Ski...

(D'un geste découragé, Cooper ferme sa grammaire.)

CHOEUR *dans le lointain, voix de femmes.*

Air : *Les Lavandières de Ruy Blas.*

Wassili dros Koï,
Tchernaïa rouschkine
Peterskoff dos toï
Aï var dourakine.
Feodowna Kieff,
Préobrajenski
Moleskin! besieff
Perspectiv' Newski!

COOPER.

... Ce sont les lavandières qui passent en chantant, là-bas, dans les bruyères! Leur facilité d'élocution me fait honte : comme elles prononcent sans effort ces mots pour moi enveloppés de mystère. A quoi attribuer cela? *(Il reste un instant rêveur.)* Oh! l'ennui!... *(On frappe : ne pouvant dire : « Entrez » en russe, Cooper va ouvrir. Un domestique cosaque lui remet un télégramme sur un plateau en glace.)*

COOPER, *ouvrant le télégramme.*

Ah! de Nicolas! *(Lisant.)* « Rentrons demain Pétersbourg. Dis à Joseph préparer chambres. Séjour à Paris merveilleux. Te raconterons cela. Amitiés de tous deux. Olga embrasse son gros Riri. » Séjour à Paris merveilleux! J' te crois. Si je pouvais y aller, moi, à Paris! Oui, mais voilà : je joue après-demain, et, pour y aller, il faut trois jours. Que ne suis-je un télégramme! *(S'adressant aux photographies accrochées au mur.)* Ah! mes bons amis, que je m'ennuie! Seul! éternellement seul!... Oui, je sais bien... les Nicolas vont revenir avec la petite... *(Brusquement sombre.)* avec *ma* petite! mais tout ça, c'est des choses qu'il faut taire, et si je parle c'est parce que je suis seul. Oh! le partage! — Oui, bientôt vont recommencer les bals, les réceptions, les fêtes au Palais d'Hiver, les voluptueuses jepska, où dans un tournoiement fou, les wlatchi entraînent éperdûment leur wlatcha; mais le moindre dîner du Guignol ferait bien mieux mon affaire, n'est-il pas vrai, vous tous? *(Il tend les bras vers les photographies, la lampe s'éteint, les photographies deviennent lumineuses et, cinématographiquement, s'animent.)*

LES PHOTOGRAPHIES. *Chœur à bouche fermée.*

Tu nous demandes notre avis,
Cooper, nous sommes ravis.
Il faut qu' tes amis coopèrent
Pour ta guérison, Cooper!
Fond' dans une isba du faubourg
Le guignol de Saint-Pétersbourg...
Ce dîner deviendra prospère
Comme le nôtre, ô Cooper!
Au théât' Michel, tu le sais,
Il y a des camarad's français;
Autour d'une table, par pair's,
Tu les grouperas, Cooper.

(La lampe se rallume, les photographies s'éteignent et reprennent une impassibilité vauboschique.)

COOPER, *très troublé.*

Air : *Faust.*

C'est fini! plus rien ne remu',
Je suis extrêmement ému.
Votre conseil me fait revivre,

Mes amis, je m'en vais le suivre!
Sois content, mon vieux Galipaux!
Vite, ma canne et mon chapeau!
(Il sort précibitamment.)

ACTE II

LA PELISSE QUI PARLE

La dona e mobile,
VERDI. *Il trovatore.*

La perspective Newsky mal éclairée. Emmitouflés dans leurs fourrures, rares passants. Au premier plan, à gauche, une fille publique essaye en vain de les arrêter. Au premier plan, à droite, veillant à la circulation des traîneaux, un ours blanc, tenant dans sa patte un bâton couleur sergent de ville. Disséminés un peu partout, et pour donner de la couleur locale : chinchillas, renards bleus, zibelines, et même astrakans.

SCÈNE PREMIÈRE

LANJALLAIS, *puis* LA FILLE DE JOIE.

LANJALLAIS, *traversant rapidement la scène.*

Brrr!

LA FILLE DE JOIE.

Fornikoï, cheriski?

LANJALLAIS.

Ah! foutez-moi la paix, hein! *(Il s'éloigne, la fille de joie reprend sa place, premier plan gauche.)*

SCÈNE II

PAUL RENEY, *puis* LA FILLE DE JOIE.

PAUL RENEY, *traversant rapidement la scène.*

Brrr!!

LA FILLE DE JOIE.

Fornikoï, cheriski?

PAUL RENEY.

Vous êtes folle! *(Il s'éloigne rapidement, la fille de joie reprend sa place, premier plan gauche.)*

SCÈNE III

UN MONSIEUR RUSSE, *puis* LA FILLE DE JOIE.

LE MONSIEUR RUSSE, *traversant rapidement la scène.*

Brr!!!

LA FILLE DE JOIE, *en français, rapport à l'alliance.*

Montes-tu chez moi, chéri? *(Le monsieur russe, très troublé, lui offre son bras, ils s'éloignent en fredonnant la* Marseillaise.*)*

SCÈNE IV

COOPER, *moins les mêmes.*

COOPER, *entrant.*

Brrr!!! *(Il s'arrête brusquement, réfléchissant.)* Me voici sur la Perspective Newsky — elle n'est pas gaie... Fonder un dîner en est une plus riante. Voyons, quel restaurant vais-je choisir pour poser la première pierre... *(Finement.)* la première soupière du Guignol russe? La Truie qui gèle? Chez le père Moscou? Au glaçon de Cancale? Aux quatre ours blancs de La Rochelle? Non. Chez le père Moscou! *(Il s'élance vers la droite. Bruit de pas sur la neige. Duard, venant de droite, heurte Cooper. Il est vêtu d'une énorme pelisse.)*

SCÈNE V

DUARD, COOPER.

(DUO). Air : *Princesse des Canaries.*

DUARD. { Bonsoir, mon ami Cooper. } *quater.*
COOPER. { Bonsoir, mon ami Émil' Duard. }

DUARD.

On peut patiner, je crois
Que la glace sera très lisse.

COOPER.

Le temps me paraît plus froid;
Je ne quitte plus ma pelisse!

DUARD.

Pourquoi le ciel est-il si gris?

COOPER.

Et pourquoi, Duard, es-tu morose?

DUARD.

Je pens' que nous somm's loin d' Paris!

COOPER.

Ah! je pense la même chose!

DUARD.

Adieu, mon ami Cooper.

COOPER.

Adieu, mon ami Émil' Duard.

} *quater.*

(Duard sort par la gauche. Cooper reprend son élan vers la droite en criant avec force) :

Et maintenant, chez le père Moscou!

ACTE III

LE BULLETIN NOIR

Ce qui ne prospère pas dégénère.
STENDHAL.

Un cabinet particulier chez le père Moscou. Cooper, à table, mange son entremets.

COOPER.

Ça y est! le Guignol russe est fondé. Jusqu'à présent il marche très bien. Nous ne sommes pas assez nombreux, par exemple. Il faut absolument que je propose quelqu'un. *(Appelant.)* Garçon! *(Le garçon paraît.)* De quoi écrire. *(Le garçon disparaît. Long silence. Le garçon reparaît et dépose devant Cooper tout ce qu'il faut pour écrire.)*

COOPER, *découpant un carré de papier.*

Je propose Duard! *(Il écrit le nom, y ajoute son vote, plie le petit papier et crie.)* Garçon! un chapeau. *(Le garçon disparaît. Long silence. Le garçon reparaît avec le chapeau de Cooper. Cooper dépose son bulletin dans le chapeau, qu'il secoue violemment et longuement, puis il retire son bulletin et lit.)*

COOPER, *lisant.*

Duard! non! *(Après réflexion.)* Quel est le cochon qui a encore mis un non! *(Il jette sa serviette avec colère et paie l'addition. Mettant son chapeau.)* C'est un parti pris, personne n'en sera plus. C'est un dîner fermé. Alors quoi, toujours seul ? éternellement seul ? Ah ! il faut en finir ! *(Il sort désespéré.)*

ACTE IV

LE SUICIDE

The skies are painted with unnumbered sparks.

SHAKESPEARE. *Jules César.*

Les bords de la Néva. Sous un ciel radieux et constellé, le fleuve apparaît, tout blanc, immobile et fantomatique. Solitude absolue : pas un oiseau, pas un insecte, pas un souffle ; toute vie semble suspendue. A droite et à gauche, sur les rives, alignement de petits sapins, dont on chercherait vainement les cochers. En cette extrême limpidité de silence, on perçoit au loin, puis se rapprochant peu à peu, la voix lamentable de Cooper.

COOPER, *chantant, à la cantonade.*

Air : *Marche funèbre de Chopin.*

Ah ! qu'il est dur de gagner son pain
Dans ce pays de ténèbres...
Je n' peux chanter que des airs de Chopin,
Et surtout sa marche funèbre !
Si j'avais l'espérance
D' filer deux jours en France !
Mais je jou' tous les soirs et c'est ce qui fait ma souffrance !

Puisque je suis trop gnolle
Pour fonder un guignol,
Je m'en vais m' tuer! Adieu Montmartre et Batignolles!

(Reprise des quatre premiers vers. Sur le dernier vers de la marche funèbre, Cooper paraît, et, voyant la Néva, vers elle remarche, funèbre.

COOPER, *à la Néva.*

Salut! engloutisseuse de désespérés, submergeuse des douleurs! Grand témoin liquide de la joie des poissons et de la tristesse des hommes! Je voudrais avant de mourir trouver un mot qui deviendrait historique. Un suicide manque d'intérêt quand on ne le consacre pas par un mot historique. *(Il détache une feuille de son calepin, puis écrivant après réflexion.)* « Mourir la nuit, c'est dormir violemment... » Peuh! *(Il déchire la feuille et en prend une autre. Écrivant après nouvelle réflexion.)* « Mourir!... Boire!... » Ça, c'est bien! *(Il va tout au bord du fleuve, pique le mot historique à un petit sapin et sa tête dans la Néva. Mais la Néva est gelée, Cooper rebondit par trois fois sur la glace et se relève avec une bosse au front.)* Nom de Dieu! je me suis fait mal. *(A l'endroit où la tête de Cooper a porté, la glace s'est rompue, un mince filet d'eau sale en jaillit.)*

LE MINCE FILET D'EAU SALE, *à voix basse.*

Cooper!...

COOPER.

Qui me parle? Et qu'est-ce qui pue comme ça? C'est la Néva?

LE MINCE FILET D'EAU SALE.

Chut! je ne suis pas la Néva, je suis la Seine.

COOPER.

Toi, ici?

LA SEINE.

Oui, je viens de me payer une crue pas ordinaire. On n'avait pas vu ça depuis le Déluge. J'ai monté, j'ai monté, envahissant l'Allemagne, la Pologne, et me voilà à Saint-Pétersbourg.

COOPER.

Tu fais tes farces, quoi?

LA SEINE.

Oui, car j'ai cela de contraire aux autres femmes que mes débordements ne commencent qu'au moment où je sors de mon lit. Mais laissons cela. Pourquoi voulais-tu te tuer, Henri?

COOPER.

Parce que je m'ennuie loin du boulevard Péreire, loin du chalet du Cycle...

LA SEINE.

Veux-tu les revoir?

COOPER.

Revoir Paris? mais je joue demain soir!

LA SEINE.

T'es bête! Ma crue est finie, je vais décroître en une heure. Dans une heure je te dépose à Paris. Les fleuves, ça ne traîne pas.

COOPER.

Mon Dieu! est-ce un rêve?

LA SEINE.

Allons, casse la glace, et viens! *(Cooper obéit.)*

(BERCEUSE). Air : *Panurge.*

Viens dans mes bras pourris.
Tu veux r'voir Paris,
Sois heureux, espère!
Viens dans mes pourris bras:
Dans une heur' tu s'ras
Au pont des Saints-Pères.
Tiens, j' t'emmèn' dans mon lit!
On f'ra des foli's,
J' s'rai cochonn', Cooper.
Comm' t'aim's la propreté,
T'auras d' l'eau à volonté!

COOPER, *tremblant et plongé dans l'eau jusqu'au cou.*

Oui.

LA SEINE.

Mais, qu'as-tu? Dis-moi quelque chose, réponds à ma berceuse.

COOPER, *grelottant.*

Je ne puis y répondre que par une frileuse.

(FRILEUSE.) Air : *Loin du Bal.*

Mon Dieu, moi, j' veux bien t' promett' tout l'amour que [tu voudras, mais

Par ce froid, j'ai peur de n' pas pouvoir tenir tout c' que
[j' promets.
Comment veux-tu que j' te p'lote?
C'est effrayant c' que j' grelotte!
Je t'ador'... non! non! non! non! je n' pourrai jamais.

LES POISSONS.

J' t'en pri', Cooper, pense
Qu' tu tiens l' drapeau d' la France!
T'es beau garçon,
Fais pas d' façons,
Ne te fais pas blaguer par les poissons!

COOPER.

Oui, j' sais bien, qu' dans l'eau vous êt's beaucoup plus
[amoureux qu' moi, mais
Faut pas êtr' fier, car vot' constitution spécial' vous l' permet.
Pour moi, c'est beaucoup plus rude
Dans l'eau, j'ai pas l'habitude.
Je t'ador'... non! non! non! non! je n' pourrai jamais!

(La Seine commence à décroître. Cooper disparaît, entraîne par le fleuve.)

Paris qui marche

REVUE PANORAMIQUE

Hop! Hop!
(Damnation de Faust.)

Tout tourne...
(Vie parisienne.)

PREMIER TABLEAU

Au pont des Saint-Pères. La Seine a fini sa crue, elle est à hauteur normale. A deux mètres du ponton des bateaux-omnibus, la tête de Cooper émerge lentement.

COOPER.

Où sommes-nous?

LA SEINE.

Au pont des Saints-Pères, tu es arrivé.

COOPER.

Enfin!

LA SEINE, *froissée.*

Tu es aimable!

COOPER.

Je te demande pardon, mais moi je ne supporte l'eau qu'*après... pendant,* ça me paralyse. *(Sortant de l'eau et gagnant la berge.)* Adieu!

LA SEINE, *très froide.*

Adieu! *(Pendant ce court dialogue, l'orchestre joue :* Loin du Bal.*)*

COOPER, *sur le quai Voltaire.*

J'ai les pieds trempés. Pour nous réchauffer courons vite aux nouvelles. D'abord l'Odéon; j'en suis à deux pas. *(Cooper se met en marche. Sur un mouvement de déclic, récemment trouvé par M. M. Johnson and Piccadily de Londres, la toile de fond se déroule lentement et successivement représente la rue des Saints-Pères, le boulevard Saint-Germain et la rue de l'Ancienne-Comédie. Cooper piétine sur place pour faire croire que c'est lui qui marche et non le décor. L'Odéon paraît aux yeux ravis des spectateurs. Le panorama s'arrête.)*

COOPER, *cessant de piétiner.*

Enfin! me voici à l'Odéon. Mais, est-ce bien l'Odéon? N'est-ce pas plutôt la Cour des Comptes? *(En effet, l'Odéon a un aspect courdecomptal, le fronton a disparu, ce n'est plus qu'un amas de ruines d'où émergent des colonnes brisées. Au pied de l'une d'elles, deux hibous considèrent avec étonnement un lambeau d'affiche sur lequel on peut lire encore :* acasse, ergerat. *Grimpant autour des piédestaux et décrivant mille volutes le long des corniches, des chèvrefeuilles et des aristoloches mettent comme un sourire sur toute cette mélancolie.)*

COOPER.

Qu'a-t-il pu se passer ici et par quelle succession d'événements tragiques ce théâtre, hier si gai, m'apparaît-il aujourd'hui si funèbre ? Qui m'expliquera cela ? *(La fée de l'Odéon, dite fée Roujonne, apparaît.)*

LA FÉE.

Moi, Cooper !

COOPER.

La Fée Roujonne !

LA FÉE, *lui désignant à droite, second plan, un trou béant, dissimulé par des orties.*

Descends aux catacombes et tu sauras tout !

DEUXIÈME TABLEAU

LES CATACOMBES

Caveau souterrain où sont rangés les tombeaux des anciens directeurs de l'Odéon. Mausolées par-ci, mausolées par-là. Antoine entre gravement par le fond et s'adresse au mausolée de droite, qu'on remarque être un des beaux. Cooper est caché derrière un monceau de crânes : il écoute.

ANTOINE.

(MONOLOGUE)

Marck et Desbeaux, pardon ! ces voûtes solitaires
Ne devraient répéter que paroles austères !
Or moi, tu sais, je parle un peu grossièrement
Et mes propos feront rougir ton monument !

Marck et Desbeaux sont là !... Marck ! ô sépulcre sombre,
Peux-tu sans éclater contenir sa grosse ombre ?
Ce sépulcre est petit, cela me rend songeur :
Marck s'y peut-il coucher de toute sa largeur ?
Ah ! ce fut un spectacle à dégoûter les foules,
Que l'Odéon géré par ces deux vastes moules !
Un édifice avec deux hommes au sommet,
Deux chefs élus recommandés par Larroumet...
Puis, plus rien ! du néant ! du chaos ! de l'informe !
Toute chose hésitante à revêtir sa forme !
O gâchis ! deux Olivarès... pas un César !
Lintilhac ! du hasard corrigeant du hasard !
Puis, j'arrive ! Clarté. Décision. Lumière...
Tout effet revenant à sa cause première,
Renvois. Dédits. Congés. Coups de pied. Coups de poing.
Plaintes partant d'en bas et que je n'entends point...
Le personnel baisant ma pantoufle écarlate...
De là vient l'équilibre, et toujours l'ordre éclate !
Et le vieux Luxembourg contemple, anéanti,
Ces deux moitiés de dieux : Antoine et Ginisty !
Puis, le complot tramé par Ginisty-cloporte...
Beaux-arts. Roujon. Rambaud. On me fout à la porte !
Je tombe sur le sol de toute ma hauteur,
Et le seul Bergerat m'a connu directeur.
Oh ! directeur ! Avoir été directeur ! Rage,
Ne plus l'être et sentir son cœur plein de courage !
Qu'ils sont heureux, tous ceux qui hantent ces tombeaux !
La Rounat et Porel, puis Marck avec Desbeaux,
Car en une ils avaient fondu leurs deux carrières,
Sur un même fauteuil asseyaient deux derrières,

Et dans le chaste accord d'un artistique hymen
Faisaient la mise en scène en se donnant la main.
Ils furent directeurs longtemps, ô joie immense!
Directeur! Directeur! Être ce qui commence...
D'une foule de gens l'un sur l'autre étagés
Être la clef de voûte et voir sous soi rangés :
Secrétaires, caissiers, sous-directeur... maroufles,
Et sur leur tête infâme essuyer ses pantoufles;
Voir au-dessous de ces gens-là les inspecteurs,
Les Rubé, les Jambon, l'orchestre, les auteurs,
Puis régisseurs, souffleurs, puis les gens des contrôles,
Puis vendeurs de programme et copistes de rôles,
Puis habilleurs, pompiers, puis ceux de moindres rangs,
Les comparses, les concierges, les figurants,
Puis sous les balayeurs et sous les machinistes,
En bas, et tout à fait dans l'ombre : les artistes!
C'est-à-dire une mer, une plaine, un vallon,
De grands tracs, pleurs et cris, parfois un temps trop long,
Un *loup* qui, réveillant le souffleur qui s'effare,
Lui fait hurler le mot comme un air de fanfare!
Les acteurs : Cacao. Vaseline. Blanc gras.
Sales parce que Fard... Cahos. Cohue. Ingrats!
Ingrats? Marck et Desbeaux, mais par ta faute, en somme,
Rambaud voulait un directeur, je fus cet homme!
Mais l'Odéon c'était la caverne des loups...
Dans tous les coins, des yeux de concurrents jaloux...
Alors, l'âme en détresse et la tête affolée,
Je suis venu m'asseoir devant ton mausolée...
Je t'ai dit : Les acteurs sont des gens peu normaux,
Je voudrais les séduire, oui, mais avec quels mots,

Pour ne pas que Lambert ou qu'Amaury me perde?...
Et tu m'as répondu : « Mon fils, dis-leur-z'y merde! »

COOPER, *paraissant.*

Vous venez de lâcher un mot bien dégoûtant,
Monsieur, allez plus loin, Cooper vous entend!

(Antoine est terrifié. Cooper sort en lui jetant un dernier regard de mépris.)

TROISIÈME TABLEAU

LA PLACE DU CHATELET

Même décor qu'au premier tableau.

COOPER, *sortant des catacombes.*

Quelle navrance! Est-ce que je vais trouver tous mes chers théâtres parisiens en ruines maintenant? Courons à l'Opéra-Comique. *(Mouvement de déclic : le panorama se met en marche. Cooper piétine pour faire croire que c'est lui qui avance et non le décor. Rue Racine, boulevard Saint-Michel, pont Saint-Michel, boulevard du Palais, pont an Change, place du Châtelet. Le panorama s'arrête, représentant la façade de l'Opéra-Comique.)*

COOPER, *cessant de piétiner.*

Ah! voilà enfin un théâtre en bon état! *(A ce moment Regnard vient rapidement de la droite, une serviette rembourrée sous chaque bras.)*

COOPER.

Tiens, Regnard!

REGNARD.

Cooper! toi ici?

COOPER.

Oui, je viens aux renseignements. Quoi de nouveau à l'Opéra-Comique!

REGNARD, *très pressé.*

Don Juan... Fugère... Succès... Bouvet... Talent.

COOPER.

Et puis?

REGNARD.

(COUPLET). Air: *Pont de Venise.*

Ah! mon cher! ne me r' tiens pas,
Il faut que je porte mes pas
A Nanterre!
Il s'agit d'un' société
Dont je suis depuis cet été
Secrétaire!
Car le bon Dieu m'octroya } *bis.*
La boss' du secrétariat! }

(Il disparaît tout courant.)

COOPER, *seul.*

C'est qu'il me faut des renseignements plus complets. Que devient l'Opéra-Comique?

LA FÉE DE L'OPÉRA-COMIQUE, *dite fée Carvalhote, surgissant de l'affiche verte qui s'entr'ouvre.*

Ce que devient l'Opéra-Comique, je vais te le dire.

LA FÉE, *d'une voix cassée et chevrotante.*

(RONDEAU). Air : *Dans un village.*

Sur mon théâtre
Qu'on idolâtre
Les vieux auteurs ont toujours du succès,
Et tout le monde
M'aime à la ronde,
Je suis un genre éminemment français.

Fra Diavolo met toujours sa défroque :
Le Domino fait palpiter les cœurs,
Et les Dragons rappellent une époque
Où les Français étaient toujours vainqueurs.

Sous les charmilles,
Dans les familles,
Mes gais flons-flons dissipent les chagrins.
A la guinguette,
L'âme en goguette,
L'étudiant fredonne mes refrains...

COOPER, *l'interrompant.*

Oui, c'est bien, c'est bien, je sais tout ça, mais les dernières nouvelles : Fugère, Bouvet, que jouent-ils en ce moment?

LA FÉE CARVALHOTE, *reprenant.*

En ce moment le répertoire est terne;
C'est du Bruno, c'est du Cahen d'Anvers.
Je n'aime pas la musique moderne,
Ni les livrets qu'on ne fait plus en vers.

Moi, ce que j'aime,
C'est le poème,
De monsieur Scribe ou bien de Dumanoir :
Parole tendre,
Que peut entendre
Mère sévère ou fillette à l'œil noir.

La dame blanche est là qui vous regarde...

COOPER.

Ah! non, non, assez! Rentre dans ton affiche et n'en sors plus. Tu nous empréauclerdes. *(La fée Carvalhote s'évanouit, un peu froissée.)*

Et maintenant, à la Gaîté!

QUATRIÈME TABLEAU

LA FÉE DES BRUYÈRES

Mouvement de déclic. Le panorama se remet en marche, et Cooper à piétiner. La Tour Saint-Jacques, le boulevard Sébastopol. — Au square des Arts-et-Métiers, le décor s'arrête, représentant la façade du théâtre de la Gaîté. Dans le square, la fée des Bruyères est occupée à cueillir des fleurs.

COOPER, *à la fée.*

Que fais-tu là ?

LA FÉE.

Tu le vois, je dépouille mes parterres.

COOPER.

Très joli!... A te voir ainsi occupée d'horticulture, je t'aurais prise non pour une fée, mais pour une belle jardinière.

LA FÉE.

Je suis pourtant dans un jardin, et non au coin du quai.

COOPER.

Que d'esprit!

LA FÉE.

Non, je cueille des fleurs pour occuper mes loisirs; le succès de la Poupée m'en laisse.

COOPER.

Et qu'est-ce que tu vas faire de ces fleurs?

LA FÉE.

J'en vais faire des gerbes et des couronnes pour votre nouvelle présidente, mademoiselle Sully.

COOPER.

Mademoiselle Sully va être cette année présidente du Guignol?

LA FÉE.

Tu es le seul à l'ignorer.

COOPER.

Ah! fais que je la voie, et de suite!

LA FÉE, *d'un air inspiré.*

70, rue Réaumur. Demande à la concierge.

COOPER.

Ah! ces Fées! quelle puissance!

CINQUIÈME TABLEAU

LA LOGE DE LA DIVETTE

Loge élégante. Fleurs, vêtements épars, rouge pour les lèvres. Devant sa glace, mademoiselle Sully se maquille. — La porte s'ouvre brusquement, et Cooper vient rouler jusqu'aux pieds de la gracieuse artiste.

MADEMOISELLE SULLY, *se levant, effarée.*

Qu'est-ce que c'est que ça : une bombe?

COOPER.

Glacée! Oui, mademoiselle, car je viens de Russie.

MADEMOISELLE SULLY.

Que voulez-vous?

COOPER.

On me dit que vous êtes, cette année, présidente du Guignol!...

MADEMOISELLE SULLY.

On dit vrai.

COOPER.

Alors vous allez les voir tous, et moi je suis forcé de repartir bien vite sans pouvoir les embrasser. Vous allez les voir!!! Ah! dites-leur de ma part, dites-leur...

MADEMOISELLE SULLY.

Quoi ?...

COOPER.

(COUPLETS). Air : *Grande-Duchesse.*

Dites-leur que je suis bien las
D' Nicolas!
Dites-leur ma désespérance,
Dites-leur que j' deviens gâteux!
Que c'est eux
Qui me font regretter la France!
Loin de Paul Numa, loin de Rablet,
De Gildès, de Schütz, de Tarride,
Le plus beau moujik me semble laid,
Les romans de Tolstoï arides.
Dites-leur qu'ici les moments
Pass'nt lent'ment,
Qu' l'almanach russe est r'tardataire.
Dites-leur qu'à la dat' du trois,
J'ai plus froid,
Et que je m'sens plus solitaire!

Dit's-leur que Duard a l' même émoi,
Et qu' pour conjurer l' sort contraire,
Il en est réduit, chaque mois,
A fair' des goss's pour se distraire!

Dites-leur qu'ils s'ront, l' six janvier,
Enviés
Par nous, qu' Lanjallais r'tient esclaves,
Et qu'ils doiv'nt, s'ils sont bons, porter
La santé
De leurs deux petits copains slaves!

(Mademoiselle Sully est très émue. — Cooper l'embrasse violemment et disparaît.)

SIXIÈME TABLEAU

COOPER HÉSITE

Devant le théâtre de la Gaîté, Cooper retrouve la fée Desbruyères, occupée maintenant à vendre des billets à droit.

LA FÉE, *apercevant Cooper.*

Eh bien?

COOPER.

C'est fait, merci. *(Mouvement de déclic. Le panorama déroule le dernier morceau du boulevard Sébastopol et s'arrête au croisement des boulevards Saint-Denis, Saint-Martin, Sébastopol et de Strasbourg.)*

COOPER, *s'arrêtant avec le décor.*

Sapristi, où vais-je aller maintenant? *(Il est heurté par Regnard, qui passe affolé.)*

COOPER.

Encore toi? tu n'es donc pas à Nanterre?

REGNARD.

J'en suis revenu, je ne perds pas une minute.

COOPER, *à part.*

Il voyage aussi vite que moi.

REGNARD.

Adieu.

COOPER, *le retenant.*

Dis donc, de quel côté faut-il me diriger pour avoir les nouvelles de théâtre les plus intéressantes?

REGNARD.

Du côté du Gymnase et du Vaudeville : tu verras de l'inouï et du merveilleux!

COOPER.

Ah! *(Montrant le boulevard Saint-Martin.)* Alors par ici? *(Montrant le boulevard de Strasbourg.)* Et par là?

REGNARD, *très pressé.*

Par ici, Folies dramatiques : Rivoli, Périer, nouveau membre, bravo! Ambigu : Deux Gosses. Porte Saint-Martin : Deux Coquelin. Renaissance : Brémont, Laroche, succès! Par là, Eldorado, moi, Rablet, Rablet et Marchand... dispute... dédit... Rablet content, très content... Scala : Polin... Adieu!

COOPER, *insistant.*

Mais encore?

REGNARD.

(COUPLETS)

Mon ami, ne m'arrêt' pas,
Laisse-moi conserver mon pas
Gymnastique...
J'organise quéqu' chos' gratis
Pour la société des artiss's
Dramatiques,
Car le bon Dieu créateur } *bis.*
Me fit organisateur!... }

(Il s'enfuit.)

COOPER, *seul.*

De l'inouï et du merveilleux au Vaudeville et au Gymnase, a-t-il dit. Allons!

SEPTIÈME TABLEAU

LES RÊVES DE MARGUERY

Mouvement de déclic. Le défilé des Grands Boulevards commence. Boulevard Saint-Denis, boulevard Bonne-Nouvelle. A partir de ce moment, il règne partout comme un air de fête. Fleurs en papier dans les arbres, animaux en baudruche accrochés aux fenêtres, masques comiques suspendus aux balcons. Groupes de passants vivement émus.

COOPER, *piétinant.*

Mais qu'est-ce qui se passe donc ? *(Arrêt du décor devant le théâtre du Gymnase. Le théâtre est fermé. En grosses lettres sur les affiches, le mot : Relâche.)* Le Gymnase fermé ? *(A monsieur*

Marguery, qui est devant sa porte, radieux.) Dites-donc, monsieur Marguery, on ne joue pas ce soir au Gymnase ?

MARGUERY.

Tiens ! monsieur Cooper ! ça va bien ? Mais non, voyons ! on ne joue pas...

COOPER.

Il y a un deuil ?

MARGUERY.

Il y a une fête !

COOPER.

Je me disais aussi... Ces fleurs, ces oriflammes... Est-ce que le Tzar est encore à Paris ?

MARGUERY.

Le Tzar ? On n'y pense plus, au Tzar. Ah çà, d'où sortez-vous ? Vous ne savez donc rien ? C'est aujourd'hui la journée Galipaux.

COOPER.

La journée Galipaux ? J'avais entendu parler de la journée Sarah.

MARGUERY.

La journée Sarah n'était que la préface de celle-ci; celle-ci c'est la vraie, la grande journée ! Si vous aviez vu tout à l'heure, monsieur, dans mes salons, dix-huit cents convives pressés autour de mes tables pour fêter, pour acclamer l'exquis diseur... Et ce menu ! Cette régularité dans le service ! Dix-huit cents côtelettes, toutes à point ! J'ai réalisé là un de mes rêves.

COOPER, *finement, pour justifier le titre du tableau.*

Les Rêves de Marguery... Alors Galipaux a dû porter un toast?...

MARGUERY.

Un toast... il en a porté vingt-cinq! et pour finir, il a dit *le Rural.*

COOPER.

Et où sont-ils maintenant, les dix-huit cents convives?

MARGUERY.

Tous au Vaudeville où se donne la matinée de gala, et où les poètes célèbres viennent lire à Galipaux des sonnets qu'ils ont faits pour la circonstance. Et des poètes... je ne vous dis que ça! Arvers! Soulary! Montesquiou!

COOPER.

Alors je cours au Vaudeville. Croyez-vous! moi qui ne viens passer qu'un jour à Paris!

MARGUERY.

Eh bien, vous avez une rude veine d'être tombé sur le jour Galipaux.

COOPER.

Adieu, Marguery.

MARGUERY.

Adieu, Cooper! *(Cette fois, le décor se met à tourner vertigineusement. Boulevard Bonne Nouvelle, boulevard Poissonnière, boulevard Montmartre, boulevard des Italiens. — Les maisons pavoisées défilent comme des maisons de rêve. Cooper galope sur place. Devant le Vaudeville, brusque arrêt.)*

COOPER.

Je suis arrivé !

N. B. — Cooper, quoique pressé d'arriver au Vaudeville, aurait bien voulu percevoir sur sa route son ancien théâtre, le théâtre des Variétés, mais le décor panoramique ne pouvant développer que le côté droit des boulevards, les Variétés n'ont pu être représentées sur la toile de fond. Ce théâtre, à la minute où le panorama déroule sa face opposée, se trouve donc censément du côté des spectateurs, et Cooper, en n'y faisant point allusion, a dû obéir aux lois, parfois douloureuses, de l'optique et de la convention théâtrales.

HUITIÈME TABLEAU

LA JOURNÉE GALIPAUX

La façade du Vaudeville disparaît sous les drapeaux et les bannières de toutes formes et de toutes couleurs. On s'est souvenu, en cette circonstance, que Galipaux avait le même prénom que monsieur Faure, de sorte que l'Élysée a pu prêter quelques vieux écussons portant un F doré sur fond bleu, écussons dont on s'est servi pour compléter la décoration. Devant la porte du théâtre, une affiche gigantesque donnant le programme de la Matinée de Gala. Dix-huit pièces jouées par Galipaux : *Une Soirée chez le Sous-Préfet, Agence Dramatique, Pierrot confesseur, Presque Frères,* etc. Sous chaque titre de pièce, le nom de l'éditeur chez lequel la pièce a paru. Le long du trottoir, longue file de berlines de gala surveillées par Montjarret.

COOPER, *admirant.*

Splendide ! Entrons vite dans la salle. *(Il se précipite.)*

RICQUIER, *surgissant.*

On ne passe pas.

COOPER.

Mais je suis Cooper.

RICQUIER.

Je vous reconnais bien, mais on ne passe pas. Les places coûtent mille francs d'abord, et ensuite... il n'y en a plus.

COOPER.

Il est heureux qu'il n'y en ait plus, car je n'aurais jamais payé la mienne mille francs.

RICQUIER, *montrant l'affiche.*

Ce n'est pourtant pas cher. Regardez ce que Galipaux donne pour ce prix-là. *(Brusque sonnerie venant de l'intérieur du théâtre.)* Mais pardon, on m'appelle : c'est l'heure où les poètes vont lire leurs vers. Adieu, Cooper. *(Exit Ricquier.)*

COOPER, *seul.*

L'heure où les poètes lisent leurs vers ! Il faut que j'entende ça, pourtant ! *(Il bondit vers le contrôle, mais le contrôle est gardé par Cerbère, le fameux chien que Galipaux a loué pour la circonstance.)*

COOPER, *reculant épouvanté.*

Aucun moyen pratique d'entrer. Évoquons la fée du lieu. *(Criant avec force.)* Fée du lieu ! Fée du lieu ! *(La fée du Vaudeville, dite Fée Pamard, paraît. Elle est coiffée d'un bonnet carré, gantée de clair, chaussée d'Antin. Elle tient dans sa main droite un rayon X.)*

LA FÉE.

Que me veux-tu ?

COOPER.

Je veux voir ce qui se passe dans la salle.

LA FÉE.

Donne-moi cent sous.

COOPER, *les déboursant.*

C'est moins cher qu'au bureau.

LA FÉE, *lui donnant le rayon X.*

Regarde! *(La façade s'entr'ouvre et laisse voir la salle, et tout au fond, la scène.)*

NEUVIÈME TABLEAU

LES JEUX FLORAUX

La salle est bondée. Toilettes éblouissantes, uniformes, habits et claques. Toute l'aristocratie est là. A l'orchestre, au balcon et dans les loges : empereurs, rois, cheicks, maggyars, caïds, cardinaux, archevêques, quelques papes, un député en burnous. Parmi les femmes : Liane de Pougy, madame de Rothschild, madame Adam, etc. Le rideau est levé; au milieu de la scène, Galipaux est assis sous un dais de brocart. Autour de lui, les artistes des théâtres de Paris. Derrière, ceux de la Renaissance.

UN HUISSIER, *sur la scène, annonçant:*

Le poète Arvers! *(Mouvement de curiosité.)*

ARVERS *s'avance, ayant aux pieds les fameuses bottes auxquelles il a donné son nom. Il se place devant Galipaux et parle ainsi :*

Ce n'est plus un secret, ce n'est plus un mystère!
Pourtant ce festival, en un moment conçu,
Par égard pour Sarah nous avions dû le taire;
Jusqu'au dernier moment, Félix n'en a rien su...

Sans cette fête, hélas! acteur inaperçu,
Recueillant par hasard un bravo solitaire,
Galipaux jusqu'au bout faisait son temps sur terre,
Ne donnant pas grand' chose et n'ayant rien reçu.

Nos fêtes vont lui faire un public bien plus tendre,
Mais la postérité passera sans entendre
Ce murmure de gloire élevé sur ses pas!

Elle dira, pareille à l'amante infidèle,
En lisant mes beaux vers qui seront goûtés d'elle :
« Quel était donc cet homme? » et ne comprendra pas.

(Tous les camarades approuvent et applaudissent. Galipaux s'incline avec une réserve polie. Arvers va se placer au fond, sur le banc des poètes.)

L'HUISSIER, *annonçant.*

Le poète Soulary! *(Mouvement de curiosité.)*

SOULARY *s'avance, et s'adressant à Galipaux :*

SONNET.

C'est un sonnet.

Si j'avais un billet vert clair, orange ou rose,
Donnant droit à fauteuil, banquette ou strapontin,
J'irais voir Galipaux dans gestes, vers ou prose,
Car j'aime les acteurs, clown, mime ou cabotin.

Puis, appelant l'ouvreuse, Agathe, Claire ou Rose,
Et sans lui octroyer sou, décime ou rotin,
Me ferais ouvrir porte en fer, zinc, tôle, étain,
En disant que je suis Carré, Porel ou Chose.

Une fois sur la scène et pareil à la fleur,
J'irais m'emboîter vite en la boîte au souffleur,
Très attentif devant le rideau qui se lève...

Et lorsque Galipaux paraîtrait, triomphant,
Je toucherais du bout du doigt son pied d'enfant.
Tout acteur que la main n'atteint pas n'est qu'un rêve!

(Galipaux embrasse Soulary qui, après l'étreinte, va rejoindre Arvers.)

L'HUISSIER, *annonçant.*

Le poète de Montesquiou-Fezensac! *(Mouvement de curiosité.)*

DE MONTESQUIOU *entre, puis, s'étendant aux pieds de Galipaux, susurre en ces termes :*

GALIPESQUE EN UT BÉMOL.

Extrait de mon volume : *les Coquelicots verts.*

Lix Galipox, pes velox,
Comme bille, balle ou bulles,
Funambule, tu turbules,
O Galipix, Galipox!

Tu déambes et te sauves
Sans trêve, repos ni pax,
A travers des lointains mauves,
Lix Galipox, Galipax.

Tu grenètes et dancourdes...
Et très galipesquement
Tu vas express et charmant
En des Luchons, en des Lourdes!

Paimpol, Arromanches, Dax,
Habit endeuillant ton dox,
Tu t'en vas, Galipox, pax,
Tu t'en vas, Galipax, pox!

Logue ou mime en casino,
Tu verves mono, mono,
Et jusqu'à tes pieds déferle
Le bravi-bravo gris perle!

(Galipaux, qui a paru ne pas comprendre, tend sa main à Montesquiou, qui se relève et la baise. Ensuite de quoi le poète remonte et se trait d'unionne avec Arvers et Soulary.)

L'HUISSIER, *annonçant.*

Le poète Oscar Wilde! *(Mouvement de surprise. Galipaux, qui était debout, se rasseoit précipitamment.)*

OSCAR WILDE, *de dos.*

I am for the little, for the as, for the round,
I give my bottom easily for a pound,
I love the old man, and the girl, and the child,
Galipaux, will you fok with Mister Oscar Wild?

(Galipaux rougit. Oscar Wilde rejoint les acteurs de la Renaissance, qui le félicitent chaudement.)

GALIPAUX, *avec une grande émotion.*

Mesdames... messieurs... Oscar Wilde... Je... *(Son émotion redouble.)* Je suis... *(A part.)* Ah! que c'est curieux! *(Haut.)* Croyez bien... *(A part.)* Ah! que c'est curieux!

TOUS.

Quoi?

GALIPAUX.

L'émotion me coupe la parole.

TOUS, *incrédules.*

Non!

GALIPAUX.

Je... croyez... *(Après de vains efforts.)* Impossible! Je ne peux plus parler! c'est la première fois que ça m'arrive!

TOUS.

Nous parlerons pour vous. *(Tous les artistes des théâtres de Paris, en chœur.)*

Air : *François les Bas-Bleus.*

Y a z'un typ' qui s' promène
Aux quatr' coins d' l'univers!
D'vant la ramp' tout' la s'maine,
Il joue, il dit des vers!
L' matin, il est chez Tresse,
Le soir, à Tombouctou,
La nuit, chez sa maîtresse,
Et l' rest' du temps, partout!

LES SPECTATEURS, *dans la salle.*

Qui donc? Qui donc? *(bis.)*

LE DÉPUTÉ EN BURNOUS.

Qui donc? Qui donc?

GALIPAUX, *avec force.*

C'est Félix Galipaux,
Qui s' ballade,

Qu'est jamais malade!
L'éternell'ment dispos,
C'est Félix Galipaux!

(Reprise par le chœur.)

(Acclamations frénétiques. La toile se relève quinze fois, puis la vision disparaît, et Cooper se retrouve seul sur le boulevard.)

DIXIÈME TABLEAU

LE MALADE IMAGINAIRE

COOPER, *seul, devant le Vaudeville.*

C'était bien beau... Oh! oui! bien beau! *(Apercevant l'heure sur une horloge pneumatique.)* Quatre heures... bigre! Dans deux heures il faut que je sois à Saint-Pétersbourg, moi! Courons vers la Seine, et demandons-lui de me remonter jusque-là. *(Avec un sourire.)* Elle ne peut pas me refuser ça. *(A Regnard qui passe ventre à terre, douze serviettes sous le bras.)* Regnard!

REGNARD, *chantant.*

Ah! fous-moi la paix! je cours
Organiser un concert pour
Une aïeule.
C'est dans le quartier Mouff'tard,
Et chaq'fois qu'j'y arrive en r'tard,
Ell' m'engueule.
J'dépens' d'l'argent, j'perds mon temps, } *bis.*
Mais j'organis', j'suis content. }

(Il remet son ventre à terre et disparaît.)

COOPER.

Va-t'en au diable. *(Mouvement de déclic. L'avenue de l'Opéra se déroule. Cooper semble hâter le pas. Il le ralentit place du Théâtre-Français en apercevant Laugier devant la porte de l'administration. Puis Cooper s'arrête; la toile du fond aussi.)* Laugier, quelles nouvelles ?

LAUGIER.

Mauvaises, Cooper. Je souffre.

COOPER.

Qu'avez-vous ?

LAUGIER.

Dilatation des cartilages du nez.

COOPER.

Votre phtisie ?

LAUGIER.

Toujours en progrès.

COOPER.

Votre rupture d'anévrisme ?

LAUGIER.

Chronique !

COOPER.

Fâcheux. Et le Théâtre-Français ?

LAUGIER.

Agonisant.

COOPER.

Claretie ?

LAUGIER.

Une escarpe!

COOPER.

Et vos camarades?

LAUGIER.

Coupe-jarrets et proxénètes!

COOPER.

Le ministère?

LAUGIER.

Une caverne!

COOPER.

Vous ne croyez donc à rien, Laugier?

LAUGIER.

Je crois à la médecine.

COOPER.

Et Dieu?

LAUGIER.

Je n'y crois pas... Si j'y croyais, je serais forcé de constater que c'est un drôle.

COOPER, *tristement.*

Au revoir, Laugier.

LAUGIER.

Adieu!

ONZIÈME TABLEAU

LA STATUE ET LES DEUX JEUNES HOMMES

Le décor se remet à panoramer tristement, et Cooper, en trois pas, se trouve place du Carrousel. — Au pied de la statue de Gambetta, Berr et Laroche sont assis, méditatifs et immobiles.

COOPER.

Tiens! deux bas-reliefs que je ne connaissais pas... mais non... c'est Laroche! c'est Berr! Ils semblent composer quelque chose. Hé! les amis!

LAROCHE *et* BERR, *trop absorbés pour s'étonner.*

Toi?

COOPER.

Vous n'êtes donc pas au Vaudeville?

LAROCHE.

Non! par notre absence nous protestons contre cette exagérée apothéose.

BERR, *un peu jaloux.*

Galipaux est un aimable fantaisiste. Mais déranger Arvers pour lui, c'est raide.

COOPER.

Et que faites-vous là tous les deux? Des vers? Je vous vois griffonnant sur vos genoux et chantant dès le soir!

LAROCHE.

Pour notre malheur, Excellence.

BERR.

Nous composons un rondeau pour la Présidente.

LAROCHE.

Et ne le trouvons guère.

BERR.

En voici le début :

« Nous levons notre verre
Pour plaire
A l'aimable Sully,
Qui est bien jolie! »

COOPER.

Ce n'est pas très bon.

LAROCHE, *modeste.*

C'est parisien!

COOPER, *d'un air inspiré.*

Écrivez, mes amis! Depuis vingt-quatre heures je vis dans le surnaturel, et c'est bien le diable si quelque bonne fée ne fait chanter en ma tête les rimes que votre muse capricieuse ne vous inspire pas assez vite. *(Cooper dicte. Laroche et Berr écrivent.)*

RONDEAU.

Dans un guignol en bois de rose,
Vivaient des pantins bons garçons.
Ils disaient des vers, de la prose,
Et chantaient même des chansons.

Souvent pour égayer les masses,
Fermant le bec, ouvrant les yeux,
Ils faisaient de belles grimaces,
Et parfois le saut périlleux!

Ils avaient des voix de crécelle
Et de petits gestes savants.
Et, quoique au bout d'une ficelle,
On eût dit qu'ils étaient vivants!

Les uns, vêtus d'ors magnifiques,
Avaient de grands emportements,
Quelques autres plus pacifiques
Roucoulaient de tendres serments.

Dix ou douze, peu taciturnes,
Joujoux très perfectionnés
Touchaient du bout de leurs cothurnes
La pointe extrême de leur nez!

Pour se reposer de leurs rôles
Et se raconter leurs émois,
Les petits fantoches si drôles
Se réunissaient chaque mois.

Ils disaient des choses sensées
Si gentiment, sur un tel ton,
Qu'on eût dit que mille pensées
Hantaient leurs crânes en carton.

On se lasse des mêmes fêtes.
Or, il vint, le fatal moment
Où les trente petites têtes
Se regardèrent tristement.

Dîner ainsi, toujours sans femme,
Et recommencer tous les mois,
Ça leur mettait du vague à l'âme.
Les pantins ne sont pas de bois.

Mais une fée inoccupée
Perçut leur tristesse et leurs cris,
Et leur fit don d'une poupée
Dont Vaucanson serait surpris!

Mariette, Marionnette
Était un joujoux précieux
Sachant tenir une sonnette
Et dire : « Silence, Messieurs! »

Elle montrait des dents de cire,
Des lèvres couleur de corail,
Un éternel et doux sourire,
A jamais figé dans l'émail!

Toute gracile et mignonnette,
A leur grande table un beau soir
Mariette, Marionnette
En présidente vint s'asseoir!

Et les pommettes sont plus roses,
Et le souper touche au gala,
Les pantins ne sont plus moroses :
La petite poupée est là...

Car, légères et bien drapées
En des velours, en des satins,
Tant qu'il leur viendra des poupées,
Ça fera rire les pantins !

(A la fin du rondeau les chevaux du Carrousel se cabrent d'admiration, mais Gambetta conserve son geste qui indique à Cooper la route de Saint-Pétersbourg. Cooper comprend et en deux bonds rejoint la Seine.)

DOUZIÈME TABLEAU

LE RETOUR

La Seine au pont des Saints-Pères.

COOPER, *à la Seine.*

Me voilà. *(Mais la Seine est tout à fait basse et ne semble pas comprendre le désir de Cooper.)*

COOPER, *inquiet.*

Est-ce que tu ne veux pas me remonter jusqu'à Saint-Pétersbourg ? *(La Seine ne répond pas.)*

COOPER.

Me voilà bien ! Dans une heure il faut que je sois dans ma loge au théâtre Michel. Que faire ? *(Il s'assied sur le pa-*

rapet et pleure. Un grand vent s'élève venant d'Auteuil. Cooper tient bon, les arbres plient, le vent redouble ses efforts.)

COOPER, *relevant la tête.*

Nom de Dieu! quel vent!

LE VENT, *à l'oreille de Cooper.*

Chut! Je suis le fameux Cyclone.

COOPER, *indifférent.*

Ah!

LE VENT.

J'ai vu ta douleur, Cooper, et je veux te sauver.

Air : *J'avais juré d'aimer Rosine.*

Le long des quais que la Sein' lave,
Que la Sein' lave,
Cooper est trist' quoique élégant,
Quoique élégant.
Il veut se rendre aux pays slaves *(bis.)*
Pass' l'ouragan! *(bis.)*
Il emport' ra Cooper avec ses gants! *(bis.)*

COOPER.

Merci, bon vent qui me ramènes!

LE CYCLONE, *badin et sur un ton de plaisanterie.*

Les voyageurs pour Saint-Pétersbourg, en voiture! *(Cooper se sent soulevé de terre et n'est bientôt, aux yeux des passants ahuris, qu'un tout petit point noir dans l'espace.)*

Épilogue

DANS LA CAMPAGNE POMÉRANIENNE

C'est un rien, un souffle, un rien.
BRÉMONT.

Une plaine immense, terres labourées, soleil couchant. Un paysan poméranien, sa pioche sur l'épaule, traverse la scène en chantant.

LE PAYSAN.

Air : *Le gai Laboureur, de Schumann.*

Durant tout l' jour je perds pas un instant :
J' pouss' ma charru' d'vant moi, j' travaille et j' sis content!
Durant tout l' jour je perds pas un instant :
Voilà pourquoi le soir je reviens en chantant!
Pi j' sis joyeux de r'joindr' ma maisonnée;
J' berc'rai mes fieux toute l'après-dînée,
J' me l'vr'ai z'a l'aub' pi j'en f'rai cor autant,
Et demain soir, pour sûr, je r'viendrai z'en chantant!

(A ce moment un gant blanc tombe à ses pieds, le paysan lève la tête et voit Cooper qui traverse le ciel, emporté par le cyclone,

et se raccrochant désespérément aux aigles qui se trouvent à portée de sa main.)

LE PAYSAN, *stupéfait.*

Ich abln gestord krienen binden! *(Cooper a disparu, la femme du paysan est venue rejoindre son mari, et tous deux, pour remercier le ciel de les avoir préservés de cette horrible tempête, se mettant en face l'un de l'autre, joignent les mains dans l'attitude de la prière. Le soleil se couche de plus en plus; au loin sonne l'Angélus. Ce tableau, dont la valeur connue est de 700,000 francs, pourra être supprimé à la représentation par les directeurs qui monteront la pièce en province.)*

Contre-Épilogue

OH ! CE TZAR ! *ou* LE MARI QUE TROMPE SA FEMME

Numero deus impare gaudet.

Même décor qu'au premier acte du prologue : le cabinet de travail de Cooper. Au dehors la nuit tombe, les beffrois de Saint-Pétersbourg sonnent six heures dix.

Au lever du rideau, le domestique de Cooper est occupé à mélanger des poudres de riz de diverses nuances. Violent coup de sonnette.

LE DOMESTIQUE, *en russe.*

Serait-ce enfin Monsieur? *(Il va ouvrir. Entre une dame voilée.)*

SCÈNE II

LA DAME, LE DOMESTIQUE.

LA DAME, *en russe.*

Ah çà ! Jean, où est Cooper? Nous lui avions télégraphié de faire préparer nos chambres, et nous ne l'avons pas vu à la maison de la journée.

LE DOMESTIQUE, *en russe.*

Ah! Madame est revenue de son grand voyage?

LA DAME, *en russe.*

Oui!

LE DOMESTIQUE, *en russe.*

Contente?

LA DAME, *en russe.*

Oui... mais Cooper?

LE DOMESTIQUE, *en russe.*

Ah! ne m'en parlez pas, madame, il est parti hier soir à dix heures, et depuis je ne l'ai pas revu.

LA DAME, *en russe.*

Il a découché! *(En français.)* Cochon!

LE DOMESTIQUE, *en russe.*

Mais oui, il a découché; je croyais même qu'il était chez vous.

LA DAME, *en russe.*

Chez moi! Vous savez bien que c'est impossible.

LE DOMESTIQUE, *en russe.*

Pourvu qu'il n'y ait pas du Suzanne Munte là-dessous.

LA DAME, *en russe.*

Vous croiriez?

LE DOMESTIQUE, *en russe.*

Ah! c'est que voyez-vous, madame, c'est une femme terrible, cette femme-là.

LA DAME, *en russe.*

Ah! qu'elle ne me prenne pas Cooper!

LE DOMESTIQUE, *en russe et finement.*

Nous savons ce que vous feriez en ce cas, ah! ah! ah!

LA DAME, *en russe, riant.*

Il est vrai que tu m'as vue souvent dans cette occasion, on! on! on!

LE DOMESTIQUE, *en russe, riant plus fort.*

Oui, vous envoyez ceux qui vous déplaisent dans les pays peu chauds... oh! oh! oh!

LA DAME, *en russe, de même.*

Le fait est qu'il y fait encore plus froid qu'ici... hi! hi! hi![1] *(On entend au dehors le bruit d'une rafale terrible, suivi presque immédiatement d'un coup de sonnette.)*

LE DOMESTIQUE, *en russe.*

Cette fois, c'est lui! *(Il va ouvrir, puis sort. Cooper, sans chapeau, sans gants, les vêtements en désordre, les cheveux hérissés, entre en coup de vent.)*

SCÈNE III

COOPER, LA DAME.

LA DAME, *en français.*

D'où viens-tu?

---

1. Voir *les Précieuses ridicules,* scène XII.

COOPER, *à part.*

Féodorowna! *(Haut.)* Vous êtes revenue de voyage?

FÉODOROWNA.

Il faut croire, et je vois que tu as fait préparer nos chambres.

COOPER.

Pas eu le temps.

FÉODOROWNA.

D'où viens-tu?

COOPER.

De Paris.

FÉODOROWNA.

Mais ton domestique m'a dit que tu étais ici hier soir.

COOPER.

Ça ne fait rien, je viens de Paris.

FÉODOROWNA.

En deux heures?... A d'autres, mon cher.

COOPER.

Oui, en deux heures; par le cyclone.

FÉODOROWNA.

Par le cyclone? Vraiment! Voyons, sois franc, avec qui as-tu couché cette nuit?

COOPER.

Avec la Seine.

FÉODOROWNA.

Quelle Seine?

COOPER.

Le fleuve.

FÉODOROWNA.

Il devient fou!

COOPER.

Et Nicolas, comment va-t-il?

FÉODOROWNA.

Nicolas est furieux. Nous revenons après deux mois d'absence, tu n'es même pas à la gare! Il est furieux : il doit venir ici me retrouver.

COOPER.

Je lui donnerai les mêmes explications qu'à toi.

FÉODOROWNA.

Tu nous prends pour deux gourdes?

COOPER.

Pas du tout. L'invraisemblance de mon histoire te prouve qu'elle est vraie; si j'avais voulu mentir, j'aurais choisi des prétextes plus simples.

FÉODOROWNA.

Il y a du Suzanne Munte là-dessous.

COOPER.

Voyons, ma chérie...

FÉODOROWNA.

Laissez-moi! *(Elle passe.)*

COOPER, *au n° 1.*

Ma petite Féfé...

FÉODOROWNA.

Ah! que je suis malheureuse!

COOPER.

Ma petite Dodo...

FÉODOROWNA.

Ne me touchez pas!

COOPER.

Nana...

FÉODOROWNA.

Je vous hais!

COOPER, *tombant sur le canapé.*

Ah! ces tzarines, toutes les mêmes. *(Nicolas entre. Il porte l'uniforme rouge de colonel de cosaques de la garde.)*

SCÈNE IV

LES MÊMES, NICOLAS.

NICOLAS.

Encore des disputes!

FÉODOROWNA, *bondissant vers son mari.*

Tu ne sais pas pourquoi il n'est pas venu à la gare? Pourquoi il n'a pas fait préparer les chambres?

NICOLAS.

Mais... parce que c'est un mufle!

FÉODOROWNA.

D'abord!... et puis parce que monsieur était à Paris. Parti hier par la Seine, revenu par le cyclone. Il veut que nous avalions ça.

NICOLAS.

Le fait est qu'au premier abord...

COOPER.

Ça semble invraisemblable, j'ai pourtant dit l'exacte vérité.

NICOLAS, *après réflexion.*

Oui, oui, mon Dieu! après tout, la Seine a pu monter rapidement jusqu'à Saint-Pétersbourg, et Cooper profiter du moment où elle redescendait pour aller jusqu'à Paris. Il a pu gagner Paris en deux heures. Ça descend très vite, les fleuves. Pour le retour, mon dieu, il a pu, à Paris, sauter dans le premier cyclone se dirigeant vers Saint-Pétersbourg. Eh ben, un bon cyclone, ça met une heure. *(A Cooper.)* A quelle heure es-tu parti de Paris?

COOPER.

A cinq heures.

NICOLAS.

Il est six heures vingt... tout ça me paraît très possible.

COOPER, *à Féodorowna.*

Là, vous voyez!

FÉODOROWNA, *à Cooper.*

C'est vrai, je vous demande pardon, tout ça m avait

paru plus compliqué. Eh bien, oui, le cyclone, la Seine... très naturel... je vous demande pardon.

NICOLAS.

A la bonne heure, et puis, ne vous disputez plus, hein?

COOPER *et* FÉODOROWNA, *un peu boudeurs.*

Non!

NICOLAS, *à sa femme.*

Çà, la main. *(A Cooper.)* Vous, la vôtre. *(Prenant la main de Cooper et la mettant dans celle de sa femme.)* Allons, vite, avancez... vous vous aimez tous deux plus que vous ne pensez! *(Cooper et Féodorowna se serrent la main, puis remontent en causant vers le fond, Nicolas s'avance jusqu'au trou du souffleur et chante.)*

(HYMNE AU PUBLIC)

Bodjé, tsara Krani!
Plein de géni',
Mesdames, messieurs, la pièce, elle est finie!
Quoiq' mal ourdie,
Ell' vaut mieux qu' Champignol,
Et j' la dédie
Aux membr's du Guignol!

Achevé d'imprimer

le six novembre mil huit cent quatre-vingt-dix-sept

PAR

ALPHONSE LEMERRE

6, RUE DES BERGERS, 6

A PARIS

0. — 2973.

www.ingramcontent.com/pod-product-compliance
Ingram Content Group UK Ltd.
Pitfield, Milton Keynes, MK11 3LW, UK
UKHW031935260826
14628UKWH00004B/1633

9 782019 151867